銀河の雫

安藤紫紺

海鳥社

まえがき

シコンノボタンという名前を聞いて、すぐこれだと思った。紫紺野牡丹。原産地は南アメリカで、全山これ一色というところがある、とのことである。寒さには弱いらしく、雪などに遭うと、枯れてしまうこともある。

色がいい。花びらの外側はそうでもないが、内側は深味のある紫紺色をしている。少し表面がベルベットのような感じで、ふんわりしている。この感じがまたいい。

俳号を紫紺としたのは、このような理由からである。紫紺とは女性的な名であるが、女性ではない。死魂と同じ響きとなっているのも、選んだもう一つの理由である。かといって別に悲観的になっているのでもない。他に適当なのが浮かばなかったからである。

俳句は最近のを前に並べ、最後の方に、いろんな方からおほめいただいた作品をのせている。春夏秋冬とも、後の方からよんでいただくとよいかもしれない。

季語をくわしく調べないで分類している。

季語にうるさい人からは、非難されるだろう。だが面倒なので、適当に並べておいた。

最後にはエッセイを収めた。

エッセイには、小論文という意味もあるらしいから、これはそういう意味といえそうである。

終りの方は、常識とはちがうことを書いているから、受けいれられるには、かなりの歳月が必要になると思う。

これは俳句も同じだろう。俳句はいろいろ投句してみたが、ボツばかりだった。

私の俳句は死んでから有名になるだろう、といっている人がいる。多分当るだろう。

銀河の雫

目　次

野牡丹

——俳句

春

月おぼろソメイヨシノに雪重し

ウグイスも来ぬようになるブロック塀

土筆坊つんで野原の春の月

菜の花や月の出レンゲの花飾り

湖に佇む人あり春の暮

春の水スネまでつかりメダカ追う

ベランダにパンジーもあり鉄のビル

レンゲ草つまれて小川に流されて

鉢植の異国のスミレ香も異国

春なのに句ができないと仕事せず

宝石かオオイヌフグリの花の色

ウグイスが鳴いてうれしく耳すます

ウグイスが椿の花の蜜求め

鉢植の藤の花あり足とどめ

風立ちぬ春立つ夕べ梅花ゆれ

春春がはるはる来てる春の春
蜜蜂がスミレの花で動いてる
さんざめく宵も今宵の春の道
道端にタンポポ咲いて春だなあ

ミニモニのヒナ祭り聞く春初め

テレビ見た春の訪れレンゲ草

雨やんでさくらチラホラほころびぬ

葉桜に変る天気の宵の雨

桜咲く雪のトンネルやっとぬけ
チューリップツボミほんのり紅をさし
デイジーは曇れば閉て晴れば咲く
曇り日に水面に伸びてさくらゆれ

せまき地に枝のしだれて桜あり

満開という日に近くを見て回り

年とって何度桜を見るものか

満開の小雨に静か宵桜

他家の庭花びらゆれる宵の雨
軽やかに春かぜかける花ゆらし
曇り日にやさしい風が花散らす
千金が月にむら雲花に風

葉桜に変る日今日も黄砂来る

ハナミズキ日本の道に合ってます

花が咲くあゝわが春も去ってゆく

梅のかげ紅いカエデの新芽かな

初桜今年もぁそこぁの枝に
山茶花や刈られる新芽生えてくる
梅の葉のかげに新芽の紅カエデ
姫王子おぼろにかすみ砂だらけ

王子姫おぼろの月で砂だらけ

春始めタンポポスミレレンゲ草

春よ春スミレタンポポレンゲ草

ヒヤシンススミレタンポポレンゲ草

ぼんぼりや小町の髪に花の散り

もう何度花を見られる桜見る

死ぬ前に花見できたりあなうれし

磯の香や冬から春へと潮変る

春雷も春になっては春雷と

春雨や梅に目白の影見えず

夕月に桜ふくらむ影法師

雨の露グラジオラスの葉に残り

彼岸入り桜の影もふくらんで

菜の花の果てなく続く月夜かな

山大和ソメイヨシノに花疲れ

雪柳紅山茶花の下に咲き

宵闇の帰宅途中の沈丁花

フリージア鉢にあふれて競いあい

花冷に花見る気持ちも失せにけり

かすかなる香りありけり宵桜

海棠もチラホラ咲いて柿芽ぶく
片隅の日かげの桜遅く咲き
梅の木も若葉に変り小雨降る
花曇り花の木末のゆれており

花散らしおしゃべり夢中少女たち

夜桜を見たくて雨を気にしてる

伊予柑も残り一つや春がゆく

平安の水面にしだれざくらかな

聖少女桜吹雪を歩いてる
心ゆく花見もせずに春がゆく
ハナミズキ花に新芽のほころんで
梅の葉のかげにツツジが現われた

送別の頃や今夜の花散らし

ハナミズキ葉の多き木と花の樹と

連休に子どもは元気パパダウン

黒マメという人がいる藤の花

おぼろ月背にして通る親子づれ

レンゲ草つんで冠首飾り

春草にすわりこんではアリ眺め

磯の香や掘り出す虫は魚のエサ

咲いて知る遠くの山の桜かな

沈丁花春の息吹きの思い出の

春の野や問わず語りの鐘の声

桃の花ビニールハウスに蜂がいて

ラジオからたよりききけり桃の花

梅散って白き発らつ雪柳

春風に妖花一輪闇の中

雪柳桜起しに盛りなり

桜には一足先の雪柳

雪柳梅と桜をつなぎけり

陰なれば咲く日遅れた桜かな

梅若葉サクラチラホラ雪柳

土手桜水面に伸びて水清し

能管の響きありけり満開に

満開の下のツボミのツツジかな

こたつから猫出る何がおきたのか

わあきれいボケの花です名にそわず

ハナミズキ薄紅色に葉もそろい

風薫る若葉が薫る風光る

セーラーの肩にひとひらさくらかな

耳染めてそっと差し出すレンゲ草

チョコレート縁なきままに年をとり

海棠に風を嘆くや唐美人

楊貴妃も見たか海棠雨に濡れ

楊貴妃も吐息海棠雨に濡れ

花冷えのナイターベンチは炭火入れ

悪魔さえ魔除けに欲しげ桃の花

スミレ咲く春の野原で友送る

春風にアイドルパンチラ大騒動

ハコベ草芽を出す都心の駐車場

深山の瀧か古庭の雪柳

今年また母からだけのチョコレート

春愁やヴィーナス森に湯浴して

夏

五月晴昔は梅雨の晴れ間かな

雨眺め小野小町の独り言

紅きふち白い花びら濠の中

店先にあかねだすきや新茶の香

初売りのあかねだすきや新茶の香

山吹は実をつけぬとや宵の月

カワニナを食べてホタルは去りにけり

炎天に漢詩はすでに白露告げ

猛暑去り蟬の声する絶え絶えに

涼風に蟬ワシワシと生きかえる

夏なのに蟬の声せぬ未明かな

下じきでスカートあおぐ女子高生

甲子園応援する県遠くなり

天の川久しく見ない都市暮し

雨上り黄色いバラの咲かんとす

ヒヤシンスバラユリ香るこの世かな

ヒヤシンスバラに桜にユリの花

天かける風も香れる宵の月

炎天に目はクラクラとシュウ雨待つ

バラの花プレゼントされ誕生日

毒あれど鈴蘭街を飾りけり

まあきれい鈴蘭食べて死にたいわ

風光る若葉は光る雨上る

五月晴昔は梅雨の中休み

初夏の夜クレオパトラのバラ咲きぬ

初夏の宵クレオパトラにバラ千本

野バラかな遠くに白い花が見え

一迅の白い風来る衣更え

唐辛し白い花咲く梅雨始め

六月の西洋若葉を風がかき分ける

アジサイも今年はとっくの前に咲き

夏暑し裸電球冬恋し

暑き夏次は焦熱地獄かな

茶のみ唄今は昔の紅だすき

雷鳴に雨足強く梅雨末期

山茶花の切られる新芽伸びてくる

花の華王といわれる牡丹かな

店先に氷の旗や梅雨明ける

美しきバラ眺めつつ紅茶のむ

クーラーをつけて暑さも増すばかり

サルスベリ紅き家あり白きあり

南風台風西を通りけり

梨の実をカリリとかんで猛暑知る

炎天を歩いて帰れば氷水

老残の身を横たえて夏の月

鉄剤をのまされ、胃潰瘍になり、体力が落ちて、絶望的になっていた頃の作品です。

蕗の香や筋がかたくてかめないよ

初蕗はかたくてかめぬ初西瓜

ツボミから花に変れる花菖蒲

美しいバラの花にはトゲがある

花菖蒲アッというまに花開く

入道といわれし雲やいずこより

梅雨前は夕日がきれい秋よりも

花多き家やなかでもかすみ草

梅雨間近か今宵はビワにサクランボ

バラつぼみふわりとゆれて開きけり

そよ風につい誘われて遠出する

梅雨寒は毎年七月上旬に

山吹きや小判にその名留めてる

極楽寺アジサイこぼれ海のきわ

百日紅白咲き紅も追いかけて

新しいサイドテーブル新茶おく

暑けれど朝顔咲いて濃紫

昼顔の一輪咲いて影短か

エアコンを消して風鈴風を呼び

アジサイで名をなす鎌倉極楽寺

鳴き声にふと見上げればセミの影

張りたてのクモの巣とってセミ捕え

浜木綿の花にアゲハの羽の止り

ミニスカの自転車続く夏来たる

椿一つオーストラリアで活ける人

大濠の花火に誘った人がいる

バラ一輪そえて君への想い告げ

朝顔の同じ型色見つけたり

ホトトギス聞かぬ里野の住居かな

若葉寒濁りの音の響きけり

アレアゲハアゲハが若葉をとんでゆく

雨去って風輝けり若葉ゆれ

おろしたらくいつきそうな鯉登り

白雪の富士に昔の人しのび

主去り庭は荒れても若葉雨

西瓜食う種の周りのとけたとこ

沖縄があけて福岡雨となり

細つるにゴーヤは重く風強し

主去り庭には紅い花ひとつ

かたい桃味は甘くてビックリだ

食べかけのアイスクリームまた冷し

四ツ葉にも泥水よせて梅雨なかば

紫陽花の青増す頃や雨激し

コーヒーもアイスに変る日射しかな

ラッキョ食うくさきおへをば恐れつつ

窓開けて文書く夜や初夏の雨

六月の雨陰陰と軒沈め

魔に誘う赤紫のツツジたち

草の香や風先陣に雷雨来る

塀越しの赤いカンナや梅雨明ける

母猫が仔猫くわえて涼求め

家の前を三毛の母猫が、真黒な仔猫をくわえて歩いていました。見ていると、仔猫を草かげにおいて、母猫はどこかに行ってしまいました。仔猫はまだ歩けないらしく、風通しのよい草かげで、ジッとしていました。何年か前の暑い夏の日の午後でした。

残暑お見舞申し上げます。

秋

大都心ススキ手にした人続く

花ありて落葉もありて老樹かな

ほんのりと色づきにけり柿に風

コスモスは倒れ曲って立ち上り

半月も昔は二人で見たものを

里芋の供えられても人気なし

名月やススキの花も冴えにけり

名月やさっき見たよと母はいい

ついさっき名月今は雨の音

さくらにも紅き葉見えて雨静か

紅葉狩枝も折らずに帰りけり

紅き葉の混じる桜木雨静か

紅葉の点々としてさくら雨

紅葉狩人目を気にし折り取りぬ

一枝をあげたい人へ紅葉狩

見渡せば全山秋に野菊あり

キンモクセイトイレの匂ひという子供

十三夜ススキも団子もなかりけり

時雨来て紅引く指の白きこと

色の濃いコスモスもあり人知らず

露草や下絵に消える命かな

ボンネット紅葉をつけて去りにけり

「里の秋」聞いて今年も暮れてゆく

コスモスは立って倒れてまた起きる

あてどなくたどる旅路の初時雨

靴脱げば紅葉現わる清女あり

つくし野にマンション建ててススキ植え

アゼ道の野菊の花や風よぎる

紅白の流れありけり萩ゆれぬ

秋霧や青空に絹雲を残して去る

仲秋の名月今年は赤く出で

浩々の名にふさわしき今宵かな

名月を見たくて出れば虫の声

雲切れて鋭き月の現われて

運動会あそこにいるよと母知らせ

障子開け知る桜木の紅葉かな

月見るは今宵が最後十三夜

われがいて彼の人がいて秋深し

これがあの大和ナデシコ初めて見

秋雷や寒気がやって来たようだ

空地ありアワダチ草が伸びている

ハナミズキ木末に赤き葉の残り

名月の鋭きフチや身が縮む

秋色の草生い茂りすきま風

空時雨頼りにならず神だのみ

新涼の月山川と向い合い

先は青本は枯れてる萩の崖

うれている青いブドウはマスカット

霧ならず雨に濡れにし萩の花

初出荷一年ぶりのミカン味

十三夜火星近くに控えけり

秋立ちぬヤスリの音か虫の音か

赤き葉の混り始めて桜の木

百日紅さすがに色もあせにけり

食事とるあったかなもの秋になる

運がよく夕月火星うすり

名月やお団子供えること忘れ

十三夜何故に木の葉の散り急ぐ

いつの間に紅葉となりぬハナミズキ

稲盗られ泣く人もあり十三夜

六万年ぶりに火星の接近す

柿の木の実のみ色づき葉は緑

見回わせどキンモクセイの香りだけ

寒き夏山茶花縮れ紅を見せ

青空をイワシの大群泳いでる

萩の露月浩々と照らしけり

忍び寄る秋の気配の涼しさの

名月や襟足白く佇めり

空蟬を照り残しての月夜かな

赤い羽根カワイコちゃんに足が向き

柿一つ取り残しての月夜かな

初柿や盆に盛られて夕日受け

冬

絵になるかショートカットの雪女

年越せど大寒ガバリと口を開け

梅の実の熟れたる待たる寒ぎらい

空蟬や花柊を迎えけり

桜葉の最後の一葉別れけり

大寒やスキー旅行は若い人

梅の葉や小雨に濡れて力なく

木枯しやショーウィンドウは春景色

枯尾花服についたの払い捨て

ミカン狩り夕日に映えて人多し

一段と冷えこんできて冬支度

寒椿早や咲きにけり明日師走

山茶花や紅色遠く師走入り

山茶花が咲いて梅の葉散り果てぬ

雪落ちて枝をふるわす紅椿

梅葉散り紅山茶花のお出迎え

薄日さす仕事始めの日和かな

寒中に適当に散る雲の群

初咲きの梅の花散る宵の雨

白梅をタクシーで見る雨の中

紅椿美しければ見ほれてる

山茶花と梅の花見る今日の午後

句ができず今日も山茶花見つめてる

山茶花が散って淋しい日暮時

犬の名も家族と並ぶ年賀状

コモかぶり雪を待つのか寒ボタン

あゝ大寒水仙の花記事になる

大寒の日に白梅の開きけり

咲き初めて白梅雪が横切りぬ

枯苔や紅山茶花のつもりけり

白梅や斜めに雪の散りにけり

雪三寸こぼれ落ちたる紅椿

三寸の雪にふわりと紅椿

白梅や小雪が斜めに流れてる

塀越しの梅にま白きこぼれ梅

雪が降る梅にま白きこぼれ梅

鈴なりの柿に降りつむ雪厚し

ねえあなたその梅の枝折りとって

水仙を折ってくださいすぐに
梅の花都へ向けて飛んでゆけ
咲いたのは梅の花です雪じゃない
梅の香や誘われきたる目白たち

電話鳴るヤキイモヤさん通りけり

大寒に向い白梅数を増し

街中でふとふり向けば風寒し

ベランダでチュチュンと鳴く寒スズメ

梅の花寒気の大軍迎え撃ち

いつの間に蘭の花芽の伸びている

日溜りを少し離れて風強し

蘭の花花芽の色の変りけり

梅の枝ゆらして目白密を吸い

白梅を一枝ゆらす風が過ぎ

風に飛ぶ小雪か梅か鐘遠し

梅の枝一枝ゆらしスズメ去る

小スズメが一枝ゆらし梅を去る

紅梅もほころび始め雨水来る

紅梅や猫のしっぽが見えている

大雪に右往左往で日も暮れる

紅梅を待ちて久しき冬日和

蘭の花咲き始めけり冬日和

百日紅あゝあっさりと切られけり

紅梅も小雨に濡れて盛りなり

寒けれど紅梅雨に濡れており
山里に春の訪れ梅二輪
紅梅に春雨らしき雨の影
山茶花も白梅去って花予想

紅梅にたゞ降りしきる雨の影

とじこめて恋猫肌を寄せて来る

ピカリ去り坊やおねむの宵時雨

あの梅はいつも葉の出が早目です

寒椿そは何物ぞお姫さま

早くもまぁ二度目のたき火手をかざし

寒の鯉抱いてとる人まだありや

日溜りを離れて寒き風を知る

紅梅や斜めに雪のまう大河

梅の葉が散って山茶花咲き出した

ストーブの灯油のにおい爪を切る

寒スズメカラスに狙われないかしら

突然の雷雨来たりし寒気団

若水や散らぬ福笹ひたしけり

除夜の鐘今年も丁度百八つ

今日梅が一輪咲いたという便り

残り柿雪をつもらせゆれている

生徒たちかけ足してる冬の朝

小雪が過ぎて切られし百日紅

紅の山茶花数輪雨の中

水不足山茶花雨に何思う

厚着して背中燃えそでおゝ慌て

悩みありて今年も歳が過ぎてゆく

若水を汲んで新年祝いけり

満月を見る人もなし冬の風

氷雨降る山茶花日毎に数を増し

カーテンを開けりゃ新年さしこみぬ

寒気来る石油ストーブ出番です

下草に紅山茶花の重なって
雨雲にあらず雪雲たれこめて
氷雨降る木々ひっそりと静まりて
寒牡丹雪除け霜除け大変だ

小寒の二日目にして梅開花

にぎやかな紅山茶花の日を浴びて

冬枯れをぬけて松風聴きにけり

ゴンゴンと窓を鳴らして氷雨降る

白梅に小雪のかかる夕べかな

白い梅今年もチャント咲いてきた

こぼれ咲く梅久々の霜の朝

山茶花の紅も木影はまばらなり

今年また梅の花咲く季節です

ウグイスか目白か梅の枝ゆれる

ハナミズキ木末に紅き葉のひとつ

山茶花も梅もまばらになりにけり

小雨降る桜の枯枝影も濃く
雨なれば梅に目白の影もせず
梅果ててなお山茶花の残りけり
山茶花の梅追い越すや花近し

富士川を渡る見上げる雪の富士

寒ザクラ毎年別の花が咲く

冬に干す布団暖か冷たいか

百日紅葉は枯れ山茶花紅を見せ

時雨来てやがて晴れ間の桜の葉

師走入り紅き萩にも枯葉見ゆ

枯葉なお枝にからまるハナミズキ

年明けて昨日とちがう松と竹

冬型になるとジェット機近く飛ぶ

新年や戸外の景色あらたまり

初うんち何はともあれホッとする

花水仙葉多き中に二、三本

冬桜八重にしだれて墓のわき

初詣すぐにおがめてあとは列

木枯に枯葉の落ちぬハナミズキ

大寒に南の国へも吹雪来た

寒椿葉に小雪のせ五ミリほど

気になるなコタツのあんよどうしてる

風やんで寒気は去って冬日和

木枯や心の中にも吹き荒れて

梅つぼむバレンタインの前の日に
月知梅臥龍梅とは知らなんだ
夕映に白梅揃い風わずか
白梅の満開もあり散るもあり

輪切りせずにぎりつぶしてユズ湯かな

ちっちゃくてオオイヌフグリは青い花

葉の落ちて知る桜木の新芽かな

美保の原松艶やかに天女舞う

青竹を渡る風あり寒の入り

寒紅梅背伸びして見る雨の中

清楚なり花柊に風強し

落雪に枝をふるわす紅椿

雪解けのシズク葉先で光ってる

初日の出おがむお婆々の尻おがみ

冬将軍コブシを見たか手をゆるめ

ネエちゃんが尻ふり通る冬日和

七色の何とかゆれて猫も恋

俗に七色の何とかといいますが、あれは何の色でしょうか。まずは白、次はピンクとか、ベージュとか。それから、イエロー、ブルー、グリーン、赤、オレンジとか。あと黒とか紫などはどうかと。レースもありとか。

平成十六（二〇〇四・昭和七十九）年十二月十八日（土）

抽象

母がいて子がいて我は旅立ちぬ

晴れる日のなきと思えり春小立

ふる雪や盆に帰る日里時雨

五七五とらえかねての宵の口

台風の捨て処なき不満かな

野イバラのトゲトゲにあり花吹雪

あゝ今日は野辺の送りか五月風

白梅や日も向け曇る宵の雨

にわか雨網戸にたよる閑な人

横たえて白い肌見せ泣く名花

たそがれや夕花一輪萩に月

散り急ぐ木の葉何処や歳の暮

桜去り葉桜過ぎてとまどいぬ

春の野に桜の花や西東

つる草の伸びて桜やぁやめかな

満山の花は吉野か嵐山

独り寝の身をもてあます初節句

過去を釣る手応えのない我が昔

梅一輪咲いてほこらか旅ぐらし

日足伸ぶ片瀬の森の友の峰

垂れこめて春の残りの一人草

絵画に抽象画があるから、俳句にも抽象俳句があってよいのではないかと思って、分類しておきました。

平成十六（二〇〇四・昭和七十九）年十二月二十二日（水）

無題

流れ星願いいう前消えにけり

通り雨路地の小かげの牛丼屋

群青の空よはるかに我を聞け

いつ変るドクロの旗や波高し

春は花秋は紅葉のさくらかな

電線に水滴並び雨静か

古池や小石放れば波立ちぬ

六月六日街道風を渡りつつ

野の花をつんで傷口なめてみる

まあきれいお花はつまれすてられる

つむべきかつまざるべきか野の花よ

駄句ばかり重ねて記す宵の口

美しい花ほど先に散ってゆく

惜しまれて死んだ人がいる残るわれ

ポロポロリやさしい彼にまた涙

ナマ足はルーズソックス脱いでおり

さくら散りススキが原となりにけり

星影に驚き慌て逃げ惑い

ハラハラとただハラハラとハラハラと

電線に重なり合ってハト三羽

エルニーニョ日本は暖冬冷夏かな

束の間の小春は去って青嵐

ベランダの枯れてぬかれた土のあと

葉の枯れてぬかれた花の土のあと

願いいう前に消えてる流れ星

季語三つ注意されても気にしない

飼いたいな仔猫があとからついて来る

冷蔵庫開けて冷気の忍び寄る

日はのぼり日は沈みゆく影変えて

熔岩の道続きけり桜島

タタミがえ三十年のうらの青

何事もなき喜びとかみしめる

ふるえたり夏バテしたり生きている

何事もなく今日一日も過ぎてゆく

宵待ちのその名の通り朝に散り

こうやって一日一日過ぎてゆく
ベランダにピンクのフトンが干してある
雨降ったなとなりの屋根がぬれている
二〇〇ミリ足らず今年の水不足

傘さして通る人ぁありやはり雨

髪上げてタオルで巻いてテレビの娘

人類も昔は海にいたという

洗い髪わが腕かわす萩白し

キラキラと夜空を飾る小星かな
つる草か黄色い花がそここに
ほらごらんお空にぽっかり白い雲
キラキラと夜空に光るこぼれ星

幸せは何も起らぬことという

初盗み酒ですす慌てのないように

時代劇悪役やれる年となり

散り急ぐ何を忘れてかく早く

生れ落ち何事もなく死に至る

初メールしたことないので大慌て

桜島灰防ぎつつ傘重し

山の上はるか天突く竹二本

落ちるだけ落ちて終った稲光り

ほつれ髪夏は柳に吹雪の夜

秋台風満天の星置土産

平成十六（二〇〇四・昭和七十九）年十二月二十三日（木）

木漏れ日——和歌

寒けれど重ね重ねて年の暮幼きときは歳のとりたき

トタン屋根打つ雨音の静まりて扉開ければ一面の雪

フランスの森に鈴蘭咲き乱れ馬はおそれてその毒くわず

お星さま今日はめでたい河渡り願いを書いた赤い短冊

ヒラヒラリヒラリヒラヒラヒラヒラリひらりひらひらひらりひらひら

とろとろりとろりとろとろとろとろりとろりとろとろとろりとろとろ

たらたらりたらりたらたらたらたらりタラリタラタラタラリタラタラ

はらはらりハラリハラハラはらはらりハラリハラハラハラリハラハラ

ルルルルルルルルルルルルルルルルルルルルルルルルルルルルルルル
〈クドイ〉

チラチラリチラリチラチラチラチラリチラリチラチラチラリチラチラ

トホホホホトホホトホホホトホホホホトホホトホホホトホホトホホホ
イイカゲンニシロ　〈クドイ〉

怪我をして近くの市へ出かけかね四国の地より野菜が届く

トウガラシ水やり忘れしおれてるなみなみ水に葉の満ち満ちて

せせらぎの水面に風の渡りけり室見河原の夏の昼時

さまざまな蛇走りたる村里は農薬まかぬ人の住むべし

萩桔梗クズオミナエシフジバカマススキナデシコ秋の七草

常緑の木末に枯葉見つけたりとなりの家の山芋のつる

障子開く急に飛び立つ寒スズメベランダ鉢にえさ拾いしか

氷雨降る梅の枯葉は落ち去ってやって来たのは山茶花の紅

障子開けサッとさしこむ朝が来た昨日冬至の今日の光りよ

雪国は雪の降るのをいやがれどたまに帰る地うれしかりけり

富士川を渡る列車のアナウンス富士見るならばここが最高

五月晴イチゴちゃんやらリンゴちゃんレースもヒラヒラ風にゆれ（けり）

梅の実のうれて花なき頃となり紫陽花の花どこにかくれて

散りたての色鮮やかな桜の葉あっという間に色あせにけり

見おろせばとなりの家の寒椿わがマンションに花は少なし

初春のつぼみふくらむ梅の枝目白来るのはあといく日か

花あればなごむものとは思えども男世帯に花はなきなり

たわむれに種を埋めにし庭の隅ビワ育ちけり甘き実をつけ

台風に慌ててもいだスモモかなめえるのあとで果実酒として

台風に慌てもがれたスモモたち箱につめられ福岡へ来る

雨もりのせぬ病室に臥しおれば激しき雨の心地よきこと

炎天に高き丘より見ておればはるかかなたを夕立ちがゆく

家路へと向う車内は満員で都心へ向うバスは客なし

わらび摘む日本人のすぐとなりフランス人は鈴蘭を摘む

山吹きのホロホロ泣くや白露の置き惑わせる秋の夕映（抽象短歌）

平成十六（二〇〇四・昭和七十九）年十二月二十日（月）

紅蓮

——都々逸

三十女の色香に迷い
　わたしゃ毎晩もだえてる

雨の桜木弥生の椿
　匂う色香の百合の花

ドンドン降ってる雪かき集め
　スミとタドンで雪ダルマ

どどいつできなきゃふてねをするさ
　明日は明日の風が吹く

ピッタリつけてる青眼かまえ
　スキで誘って胴を打つ

チョイと姐さんあの人ならば
　浮き名流してみたい人

花で一杯葉で一杯
　秋は紅葉でまた一杯

桜の落葉に見とれてみたが
　一夜明ければたゞ枯葉

手れん手くだで生きてはきたが
　惚れたあんたにゃ使えない

雪の降る夜に若水汲んで
　顔を洗って初詣

二人そろって押す乳母車
　そばで見ているジジの顔

紅い色した椿の花が
　散って淋しい日暮時

惚れてしまったわたしの負けさ
手れん手くだも幼な恋

女も年です三十路をすぎりゃ
危いことばも口にする

盃そう切り出し門松立てる
今年も無事に年を越し

梅にウグイスちと月並で
目白来て吸う蜜の枝

わたしは捨てない花束つくる
ドライで愛すとこしえに

肉をさけてる菜食主義者
やはり命を食べている

ベランダ干されたお魚さんが
風にゆれてる石だたみ

ウグイス鳴いてる白梅香る
春らんまんももう間近

雨が降るから楽しい我が家
　時間給水せずにすむ

雨に濡れてる山茶花見てる
　昨日今日明日雨続き

雨が降るのはうっとうしいが
　時間給水せずにすむ

ほれっぽいのがわたしの弱味
　あっちこっちでふられてる

絹のスカート春風吹けど
見えそで見えないもどかしさ

かわいいスズラン毒ある花よ
うっかり手を出しゃあの世ゆき

ソメイヨシノがしだれて咲いて
はなればなれに花をつけ

散らしちゃならないさくらの花に
指先そっとふれてみる

ほれているわとささやく声に
　そっと肩など抱いてみる

先っちょ見えそなブラジル女性
　Wカップで優勝だ

中島みゆきの「時代」をきくと
　底から元気がわいてくる

つけっぱなしのクーラー効かず
　今日も昨日も暑い夏

冷たくされるとなおもえ上る
　女心の赤坂よ

青年気取りが電車の中で
　席をゆずられギョッとする

白い肌して惜しげもなしに
　見せるグラビア週刊誌

ピンクのお尻の桃尻娘
　ヒップアップでかせいでる

梅の枝折れ桜は折るな
　桜折られりゃ木が枯れる

みぞれ混りの冷たい雨が
　降れど山茶花紅を見せ

ほんのりお色気見えそなパンツ
　女子高生の自転車だ

ぷらぷらゆれてるおなじみさんも
　さすがさむくてちぢんでる

雨が降ってる波紋が見える
　春の弥生の六日です

知らない香水ふと手が止まる
　どこのだれなのお相手は

胸の谷間に口紅もって
　桜の花を画くあなた

好きで嫌いで嫌いで好きで
　あなたほんとはどちらなの

ゆれるまなざしきれいな人と
テレビよく見りゃ若い時

のびてるラーメンうまいと思う
胃腸が弱くなったから

赤いバラです黒さを含む
母の日前のプレゼント

わたしのヌードの写真を見てる
ほんとのわたしをほっといて

クンクンかいでる自分のパンツ
どうしてこんなにいいにおい

大胆生足階段上る
見えそで見えないパンツちゃん

張ったばかりのクモの巣とって
セミを捕ってた傷がある

セーラー服着て自転車乗って
ミニのスカート夏が来た

木枯一番師走に吹いて
　寒い土地です九州も

枯葉の中に山茶花見えた
　忘れられない紅の色

主ある花ゆえ手折らばこわい
　そっとかげから見ていよう

目白散らしてヒヨドリ来たか
　春紅梅の枝の先

黄門様の門出を祝う
桜三月花吹雪

湖面の小波枝伸ぶ紅葉
夕日入るもあとわずか

虫の鳴く音に見上げてみれば
空にゃポッカリお月さま

久米の仙人雲から落ちた
洗たく女の脛を見て

この久米の仙人は自分の手か他人の手かわからなくなってしまった。

鯉こく食べてる恋人二人
　小窓見上げりゃ鯉のぼり

としは若そでうわさじゃ一人
　だめでもともと今チャンス

　右二句は折り込みどどいつで「こここ」と「とうだい（灯台）」です。それぞれの句の最初の字。

立てば芍薬すわれば牡丹
　歩く姿は百合の花

　これは有名だから、だれでも知っているでしょう。これも「どどいつ」です。どどいつは七七七五で七は八でもよい。
たてばで三音、シャクヤクで四音、すわればで四音、ボタンで三音、あるくで三音、すがたはで四音、ユリのハナで五音です。

平成十七（二〇〇五・昭和八十）年一月八日（土）

S子もはいてる秘密のパンツ
　刺しゅうのカメが笑ってる

S子も春です発情します
　お尻を向けてハイヨイショ

どどいつに関心のある方は、NHKラジオの「おりこみどどいつ」をお聞き下さい。
毎月第二土曜日に、第一放送で午前十時五分から放送されています。

憧れ——詩

春の夢

惚れた女のためならば
炊事　お掃除　お洗濯
朝から晩まで　身を粉にし
夜のお勤め欠かさずに
尽してこんなに　子沢山
すくすく育て　共白髪
添いとげようと　思うたに
すべては春の夢でした
ほんとに儚い恋でした

S子のおへは恐怖の一夜

S子がするのは　すごいおへ
ゴキブリさんも　即死です
スカンクさんも　逃げ出した
逃げ出さないのは　彼氏だけ
S子はすっかり喜んで
やっぱりあなたね　ありがとう
思わずひしと　抱きつけど
彼氏もすっかり　こときれて
帰らぬ人と　なりました
悲しい悲しい　ものがたり
悲しいS子の　ものがたり

素朴な質問その一
　S子さんのおへは、どうしてそんなにすごいのですか
素朴な質問その二
　今の彼は何代目ですか
　お皿がとんできますか
　お茶碗がとんできますか
　ダンプカーもとんできますか

天才詩人現わる!!

むくむくちゃんものがたり

むくむくちゃんが大変だ
あっちへつっぱり　大変だ
こっちへつっぱり　大変だ
貴女よ　何とか　しておくれ

むくむくちゃんが　かわいそう
あっちへつっぱり　かわいそう
こっちへつっぱり　かわいそう
貴女よ　何とか　しておくれ

むくむくちゃんが　元気がない

どうしたどうした　元気がない
貴女よ　何とか　しておくれ

むくむくちゃんは　元気です
むくむくちゃんは　永遠に
むくむくちゃんは　不滅です
貴女よ　ほんとに　ありがとう

宇宙の支配者との対話

問一　宇宙の支配者の大きさは？
　　　太陽より大きく、太陽系より小さい。
問二　速度は？
　　　宇宙の果てから果てまで、二年で移動できる。
問三　何でできているのか？
　　　ニュートリノは地球を素通りするが、そういった何でも素通りできる物質からできている。通ったあとは何の変化もおこさない。
問四　型は人間みたいか？
　　　細菌の形をしてる。いろんな細菌の形に変化できる。
問五　弟子とか部下とかはいるのか？
　　　十人（？）ほどいる。

刹那永劫

――エッセイ

百回記念とは全然関係ない話

何が馬鹿々々しいといって、金もらわないでこんなことを書くことほど馬鹿々々しいものはないでしょうよ。それはもうやめた方がよいくらいで、もうモーゼンと書きましょうか。

私が当会に参加して一年目に百回記念となるのも奇しき偶然でありましょうか、といくところを少し曲って、とにかくすぐ曲るんですね。こっちへ曲って、あと上ってから降りてみたら地中海で。いやこの海の青さは美しいというかきれいというか、まっ青でそれはもう只事ではない。どうみても人工着色ではないかと疑いたくなるくらいで、ひょっとすると、いや絶対に人工着色にまちがいないでしょう。地中海を一度も見てないけど、きっとそうにちがいないはずで、何も海を人工着色することないと思うけど、あまり真剣に見つめていて、目がガンにでもなると危ないから逃げ出して、陸に上るとイタリアでした。だれが反対してもイタリアですよ。何でもモーツアルトはこの明るい光がまき散らしてあるイタリアにいたことがあるとのことで、音を聞いているとそんなことを知る前からか後からか、モーツアルトには生々とした明るさがある、といった感じが強く迫ってきて、あまり迫ってくると困るんですよ、あまり迫られるとアッといってイスからころげ落ちるんですね。いやあベートーベンは迫りますなあ、アレは迫り過ぎですね。ベートーベンとつき合っていると命がいくらあっても足りないくらいで、それはもうボクからして五つも六つも命を落したくらいで、あと一つやっと残せたから、コレ落したらイケナイナッて、ぐるぐるっと何枚も紙に包んで、ヒモでしっかり結んで後生大事に肌身離さずもち歩いているくらいですから。

アルプスの北に位置するドイツのもつ性格、これを代表する音楽としてのベートーベンという設定に対しては異論もあろうが、モーツアルト的感覚はどうみてもアルプスの南のものである。モーツアルトの解釈に関し、専門家諸氏中の一部に存する冷徹性重視説といったものを伝聞仕っているが、明朗性および快楽性こそ多数の人間が古代より追求やむことなき悲願の結晶とみたしろものであって、モーツアルトの評論上かくの如き面を軽視するは、人間生来の本性に存すること甚だしく、弾斜極まる所なきものといわなければならない、とは続いて行かなくて残念でした。もう少しもって回ろうとしたけど、あまり重くてもち上らなくなってホリ出したんですヨ。アーくたびれた。つまるとこモーツアルトには多様性があって、多様性というのは解釈がいろいろあるということ、つまりアチコチでテンデンバラバラ好きなような受け取り方をできるのが名作と定義しとけば、モーツアルト聞いて何を感じようとお好きなようにってこと。

いやあ名作のもつ多様性といえば、この頃シェイクスピアの解釈がいろいろ出てきて、あちこちで入り乱れて騒いでいるデショウ。あれが困るんで、ハムレットには思索と煩悶とが出てきて、若き白皙の面、かつては明るき眼も今は深き愁に沈み、ただ過ぎ行くは苦悶の日々、まさに若き女性のあこがれの的っていうからヨロコンデ、アーこれはオレにそっくりだ、きっともてるぞって、家中走り回って柱や壁にぶつかって血だらけになって二、三日寝込んでたら、ある日突然ハムレットは日焼けした行動派だときたから、あわてたのなんのって。それはまあ日焼けの方は何とかなりますよ。日焼けのクリームとかぬっとけばそれですむことですから、だがしかし、しばし待たれい。行動派の方はどうしようか、それが困るんですね。悲しくて悲しくて、落涙しばし止まらず、太平洋の水高まること三千尺。何しろボクときたら絶えまざる思索への没頭、黙して語らず、偶口を開けば千鈞の重みってやってるくらいデショ。それを行動派なんて急にいわれても、アレはよくないですヨ。ダイタイなんてことを、急にそんな、ムチャデショ。こういうのは徹底的に追求すべきデショ。いやあ、アレは絶対によくないのですよってやっていたら、どういうものかモーツアルトが出てくるんですね。これがまた不思議で、こういうときベートーベンが出てくると、あわてて逃げ回らなくては。そりゃあもうモーツアルトにすぐ行くんですよ。

何年か前のこと本の広告かで小林秀雄がモーツアルトのことを書いているのを見て、なぜベートーベンを書かないのか、小林秀雄ともあろうものが、などと腹を立ててたこともあったのに、こうも変ったというのが不思議なくらい（もっとも今もって全然読んでいないけど）。そりゃ音を聞けば、こないだといっても、二、三カ月前だから七月頃かな。新聞のプログラム見てたらモーツアルトをやってたので、たまには歌謡曲やヨーロッパの流行ウタばかりでなくモーツアルトも聴かないといけないかなと聞き出したのもすぐ終って、次に出てきたのがベートーベン。この瞬間にはっとしたのはベートーベンというのは作ったというのはやめて創ったことにしときますけど、とにかくカチッと仕上げてある感じがしたことでした。それに比べるとモーツアルトの方は、非常に不思議な音で、いつの間にか音楽が始まり気のつかないうちに終っているといったような、とりとめのないような、まとまっているような、前に楽器が五つぐらいで笛の入った曲をきいたときに感じた、子供たちがあちこちに散らばってメイメイ好きなことをして遊んでいる、それが不思議とまとまって楽しい光景になっている、この不思議な感じ、これこそモーツアルトの魅力といってよいでしょう。

モーツアルトは大天才であった。世界音楽史上からみてもそういえる。ボクの考えでは次にくるのはベートーベンで、あとはどうでもよいような、あと二百年もすれば跡かたもなく消え去ってしまうような、作曲家ばかりで。これは余計なことかもしれないが、あと二百年もすればウィーンフィルやベルリンフィルなどもほとんどなくなってしまうと僕は考えている。二百年はもつかもしれないが、五百年もたてば、何処へ行ったオーケストラ、クワやツルハシかつぎ出し、草かきわけて掘り起す伝説上の物語。それでも残るものがあるとすればモーツアルトとベートーベンの作品くらいなものだ。

モーツアルトとベートーベンの差はどこにあるのか。モーツアルトの魅力は彼の性格からきているにちがいない。作曲家としての大天才のモーツアルトはすばらしい音楽を手に入れた代りに、大きな代償を支払ったのだ。モーツアルトにはほかの才能はまったくなかったのではないか。モーツアルトの音をきいているとどうしてもそう思えてならないのだ。(これと似た話を後できいたようだけどこうまとまったのはこの会にきてから半年ぐらいしてからなんだぞ。断固ガンバルゾ。絶対自分で音聞きながら考えたことなんだぞ。机にしがみついてもガンバルゾ)。そうでなければいくらなんでも世の中不公平過るというものだ。芸術家のもつあの気難しさ、このエネルギーさえもが作曲の方へと投入されて、その分だけベートーベンは遅れをとったにちがいない。名人気質のもつあくの強さ、そういったものの遙か上の世界へとモーツアルトは案内してくれる。だからといって演奏家はそれぞれの好みが強かったりして、今のところボクにはよくわからないけど、聴くときには適当なのをみつくろって、お気に召す品をお取り寄せください。モーツアルトの心の中に響いていた音そのものを出す演奏家の現われるのはいつのことか。それまでは適当にやってください。もっともモーツアルトの音はいつも変っていたのかな。そこがモーツアルトなのか。作曲の依頼を受けたとき、この名人気質はあちこちで衝突をくり返し始める。金のためには相手のきげんもとらなくてはならないのか、顔では愛想よくしていても腹の中では、コイツにオレの曲がわかってたまるかと考えていたモーツアルトの時代でも同じことだったろう。

ところがモーツアルトはこうしろあ、しろという注文を初めてみる不思議な世界とでも感じたことだろう。小さな子供が何でも珍しがっているように、目をパチクリさせて、そんな曲がききたいのかなと不思議そうな顔をしてたにちがいない。見るもの聞くものすべて珍しいものばっかりの世界に入ったような感じ、夢うつつのままモーツアルトは作曲を始めたことだろう。ここまで考えてきたとき一つの疑問につき当った。それはモーツアルトに自分で作曲しようという意志があったのかどうかということだ。外からの刺激を受けない限りモーツアルトの作曲の心は眠っていて、周囲のだれかから受ける音楽的刺激に対してのみ作曲が可能な状態にあった。つまりモーツアルトには作曲家としての自主性、あの内面からわき立つような作曲家の情熱や使命感的感覚などは微塵もなかったということである。この使命感的エネルギーさえも曲の中へと投入されていった。

安房の国海へとつきし鐘一つ煙消えゆく城山の空

それよりもはるかに大きなもの。

いつも尽ることのない曲想を内にたたえ、あふれるのはただ外の世界から音楽の使者の訪れるときのみ。ひたひたと音もなくいつのまにかあたり一面をひたしてゆく楽の調べ、パッと立ち登る香気に包まれた聴き手は、もうモーツアルトを聞いているのではなく自分の音楽を聞いているといった気になってくる。外界から閉ざされた内なる世界、自主性をもたないはずのモーツアルトはいつの間にか輝きをとり戻しているのだ（なかなか調子いいぞ、どんどん続けよう）。聞き手ばかりではない、弾き手にとっても、モーツアルトを弾くときにはいつの間にか、自分の心の奥にかくされたものを弾き出しているのではないか（僕の心の中は大部分が雑念でいつも気が散っている）。つまりモーツアルトは人の心を写し出す鏡となって登場するのだ。モーツアルトを怖いと思う人がいれば、その人は自分の影を怖がっていることになり、楽しさを感じている人には楽しげに響いてくる、ここに名作のもつ多様性——人それぞれの解釈を許す余地が生れてくるのだ。多作に驚く人は自分の影に驚いているのかもしれない。もちろんモーツアルトに名曲ばかりあるというものでもないでショーヨ。ソリャ中にはひどいのもあって、モーツアルトもノミとツチ使って音をこさえてるときに、手もとが狂って、あのヒゲのついたオトあちこち割ったり切ったり、欠かせたかもしれないから。何しろ細いとこまで切りきざんでいくのだから楽じゃないでしょうて。そこでドコへ行ったかナって、おたまじゃくしの切れはしを靴の中やら床のすき間から引っぱり出してきて、あわてて紙にはりつけたからオんの方もびっくりして、ガタガタッとなったかもしれない。なにせオト落したらえらいことになるんですよ。こう落すのにえらく苦労して、ソリャーモウオトなしく音楽きいてください。

モーツアルトは天才である。それも気狂い的要素をもたない天才であるという意見にはひっかかるものを感じる。モーツアルトには恐ろしさがないであろうか。気狂いという言葉のもつ暗い響きから逃れられる存在であろうか。僕はそうは思わない。未知の世界——それは珍しいものであったり楽しいものだったりするけど——とにかく初めての世界へと案内してくれるモーツアルトにはやはり冷たく恐るべきとこがあるのだ。だがそんな考えはほんの一瞬僕の脳裡をかすめて消えてしまう。どうでもいいさめんどくさいよ、そんなことといったりするのは。とにかく大部分は楽しいものだからごたごたいうこともないさ。よく考えたらやはり百回を気にしていて、だいぶはりきって、ボクのもっているものを全部出してしまったような感じ。逆サにして足の裏トントンしてもダメデスヨ。もうなんにも出てこないんだから。あゝくたびれた。慣れないことするもんじゃないデスネ。皆さんも気イつけてくださいね。最後に重大なる一言、結論ともいうべき言葉「お茶でも一杯いかが」。おしまい。

福岡モーツアルト研究会記念誌「アマデ3号」より

日本人と独創性

日本人は独創力がない、と非難する欧米人が多い。日本人はマネばかりする、といわれている。これを早速マネして、同じことをいう日本人がいるから困ったものだ。反論でも考えれば、なるほどと思う欧米人もいるだろうに。

どこの国や民族にも、マネばかりしているような時期と、独創性に恵まれる時期があるのではないのか。

この広い宇宙のどこかには、宇宙の支配者ともいうべきものがいて、右のようなことを考え、巧みにバランスを取ってるのではないのか。

この頃はマネというより改良といったことで、それはよいことだという人もいる。

もし、将来、改良に加えて独創力も出てきて、日本人が両者を兼ねそなえたら、右の欧米人は何というのだろう。このことは近いうちに実現するかもしれない。

現在の欧米のいわゆる白人たちの先祖が独創力に恵まれたのも、そう昔のことではない。つい最近のことではないのか。

これからの日本は有望だが、しかしそれはいつまでも続かない。落ち目になったときの日本人がどうするか、それは見ものだ。


昭和六十二（一九八七）年九月二十七日（日）

日本文明の爆発と収縮

日本は文明・文化の吹きだまりだ、といった人がいる。

一万数千年前に日本に土器があったらしい。これは現在世界最古のものといわれている。

これを考えていたときに、あるときパッとヒラメイたことがあった。

それは、日本は文明の爆発と収縮をくり返していたのではないか、ということである。

大陸から日本に文化が伝わった話ばかり聞くが、逆のことがかなりあったのではないか。日本から中国大陸に向って、地中海周辺あたりへ向って怒濤のように伝って行った時代と、地中海周辺あたりから、日本へ向って打ち寄せて来た時代と、こういう大きな波のくり返しが何回となくあったのではないのか。

現在の日本（昭和六十二年）は収縮から爆発へと変化して行く、珍しい時代ではないのか。

これから先、西太平洋文明の興隆期が来たら、この考えは世界的に広がるだろう。

昭和六十二（一九八七）年九月二十七日（日）

邪馬台国の謎　歴史の謎とき

卑弥呼は邪馬台国の正確な位置を知られるのを恐れた。だれにか？　魏の使いにである。恐らく神のお告げであったのであろう。どうしたら魏の使いを迷わせることができるだろうかと、卑弥呼は考えたにちがいない。へたに細工をすればわかってしまう。そこでアチコチでかん迎パーティをすることに気がついた。その結果魏の使いはアチラコチラと振り回されて邪馬台国の正確な位置がわからなくなってしまった。われわれ現代人も困っている。

なぜ正確な位置を知られたくなかったか？　多分もし魏が攻めて来たら困るとかという単純な理由だったのだろう。

もう一つ、かん迎パーティと同時に、方ちがえ（平安文学などに出て来るアレである）もあったのかもしれない。方ちがえがいつからあった風習なのかわからないが、この方法を魏の使いにも伝えて、なんとかいってごまかしたのだろう（方ちがえがあったとして）。

ここで、忍者みたいなのが双方にいて、昼は何もしないが、夜になると忍者みたいなのが互に戦って、秘密を調べよう、調べさすまい、とやり合うと面白い小説になるのだが、その才能は私にはないようです。

昭和六十二（一九八七）年十月十三日（火）

写楽の謎　歴史の謎とき

江戸時代に写楽（?）といわれる謎の画家がいる。いろんな説があるが、はっきりしない。役者絵で有名な人である。

写楽は精神障害者であった。少年時代（多分男と思われるので）から病気になり、よくない状態がしばらく続いた。画のけいこはしてたが、よい作品ではなかった。ただ技術的には上達していったのではないか。

それがあるとき突然病状がよくなってきた。そしてあの作品が次々と画き上げられていった。丁度ゲーテが好調なときにすぐれた文学を書き上げていったようにである。

しかしまた病状が悪くなり、画けなくなってしまった。ひょっとすると他の病気で亡くなったのかもしれない。

写楽の作品はきわめて短期間に仕上げられているとのことである。だから恐らく右のようなことがあったのだろう。

写楽は名門の家に生れたのではないのか。どちらかというと武家とか公家といった家などに。だから病気のことも、いろんなことも、かくす必要があった。それで謎の画家ということになったのだろう。

すごいなあ！　われながら頭がいいと思います。


昭和六十二（一九八七）年十月十三日（火）

日本の桜は二度美しくなった　歴史の謎とき

二度目はソメイヨシノである。

ソメイヨシノという桜は江戸末期頃に発見され、そしてまたたくまに全国に広がった。といっても、北海道や沖縄にはないらしいが。

では一度目はいつか。

『万葉集』には桜の歌は少なく、梅の歌が多いという。そう、『万葉集』にのってる歌ができた頃は、日本の桜はあまり美しくなかったのではないのか。それが万葉の時代の終りから、美しい桜がどこかで見つけられ、日本全土に広まって行った。

この桜がたった一種のソメイヨシノみたいなのであったか、それとも二、三種の美しい桜であったかはわからない。

考古学的に調べると、そんな事実はない、ということになるかもしれない。これは一つの仮説である。

もう一つ『万葉集』に梅の花が多いのは、香りと関係があるのかもしれない。

衣服に香をたき込める風習が始まったのと、花の好みが梅から桜に変ったのが、何か関係があるのかもしれない。香をたき込める風習はこの頃からではないのか？　香りのある桜はあまりないからである。

時代劇をテレビで見てて、ソメイヨシノが出て来るとガッカリする。もちろんソメイヨシノが発見されたときより古いはずの時代に出てきたときである。

昭和六十二（一九八七）年十一月二日（月）

因幡の白ウサギ考　歴史の謎とき

昔、ワニの背に乗って遊んでる少年がいた。あるとき川に並んだワニの背の上をこの少年が向う岸まで歩いて行った。こんなことが何回かあって、見てた人々はびっくりした。このワニたちも他の人間には、敵意を見せたからである。

昔、日本人が南の国のワニのいる地方に住んでいたときのことである。この話が変って後に因幡《いなば》の白ウサギの話になったのではないのか。

この白ウサギは今もいるそうで、犬などに皮をかまれると、皮がむけて、白ウサギは逃げてしまうそうである。丁度トカゲのシッポと同じような作用をしているらしい。むけた皮や毛はまた生えてくるそうである。

ワニでなくサメだという説があるが、サメの背はすべりやすいのではないのか。ワニもすべりやすいのかもしれないが、この場合はすべりにくいワニがいたということにした仮説である。

動物と人間についてはいろいろ不思議な話がある。

中西悟堂さんが、ごはんを食べていたら、おワンのふちにスズメが五匹飛び乗って来てごはんつぶを食べていた。もちろん中西さんも、そのおワンの中にハシを入れて、スズメと一緒に食べていた。これを見てた人がビックリしたそうである。


昭和六十二（一九八七）年十一月二日（月）

彼ヲ知リ己ヲ知ラバ

彼（敵）ヲ知リ己（味方）ヲ知ラバ百戦殆《あや》フカラズ。

有名な孫子の兵法である。

日本人は中学に入学すると同時に大部分の人が英語を勉強し始める。アメリカ人が同じ年になったとき、何人が日本語を勉強し始めているのだろう。恐らくほんの少しの人に決まっている。

かって太平洋戦当時、日本では英語を敵性語といって使わないように強制していた。一方、日本と戦争を始めたアメリカでは必死になって日本語を勉強した。

この事実がアメリカが日本に勝った大きな理由のひとつとされていた。アメリカは日本を研究した。つまり「彼ヲ知リ」である。

しかしアメリカに負けたショックから、今度は日本人が、アメリカを必死になって研究した。一方アメリカ人は勝ってすっかり気がゆるんでしまった。

今はアメリカ人が貿易戦争で日本に負け続けている。今度はすぐには逆転しないだろう。アメリカは戦後に最盛期を迎えた。そのあとは下り坂を走り始めた。一時的にはよいように見えても、あとは暴落へと一直線だ。

世界史を見ればわかるが、国家にも寿命があるのだ。日本も同じである。

昭和六十三（一九八八）年一月一日（金）

一ドル＝一円は六十年後

明治時代には一ドルが約一円のときがあった。昭和初期に一ドルが約二円のときがあった。日米戦争が終ったときは非公式であるが一ドルが約十五円であった、という。それが戦後、日本のインフレがひどくなり、とうとう一ドル＝三六〇円と決められた。

現在の昭和六十二年十二月三十一日には一ドルが一二二円になった。

ところで、明治時代と現在の日米の国力といったものはどんな関係があるのだろうか。昭和初期との関係はどうであろうか。

第一次世界大戦は一九一四年―一九一八年で、日本では大正三年―七年に当る。

アメリカは借金をヨーロッパの国々からしていたのが、この第一次大戦で一気に借金を返して、逆に貸す方に回ったという。

このことから見ると、現在のアメリカは過大評価をされ過ぎている。もちろんヨーロッパもそうだが、アメリカはひどい。大借金国になった。欧米の国々のみの地盤沈下が急激に起り、他の国々に対してドルやフランやポンドは大暴落するだろう。

もちろん一時的には一ドルが五十円から百円へ暴騰するなどということもあるが、やがては一ドル＝一円時代が来る。恐らくは六十年後。

昭和六十三（一九八八）年一月一日（金）

マンガン団塊

A、マンガンノジュール
B、コバルトリッチクラスト
というのがある。

直径が一〇センチから三〇センチ位の大きさの球状なもので海山の平らな頂上にゴロゴロしている。断面は同心円状になっている。その成因は謎とされている。「真珠だ」この話を聞いた瞬間にそう思った。続いて、中心には石灰岩や火成岩が核となって入っている、という話になった。もうまちがいない。「パール」だ。

真珠は、その中に入って来た異物の処理に困った貝が、真珠質というものを巻きつけて行って完成するものらしい。貝にとっては苦しいものだろう。

一億年位前にはこの海山はもっと水面に近かった。そしてそこに巨大な貝みたいなものが沢山生きていた。そのとき近くの山が火山爆発をした。その火山の外側は石灰岩だった。石灰岩や火山岩の破片が貝みたいな生物の肉にくい込んで、AやBができた。Aはマンガンと関係ある生物のもので、Bはコバルトと関係ある生物だったのだろう。なお、AとBは別の場所にあるらしい。

まさかAもBも巨大な海竜の胆石だったというようなことはないでしょうね。

昭和六十三（一九八八）年五月四日（水）

木星の自然発火と自然消火

むかし太陽が二つあったという伝説が太平洋の島々にあるという。

木星は太陽になりそこなった星だという。

木星は質量が小さいのでなりそこなったらしい。もしマントル対流みたいなことが起って中心の密度が高くなり、核融合反応H＋H→Heが起ったとしたら。

木星は大部分が水素らしい。外は気体で、次に液体水素、中心は固体水素とか。

中心の密度が高くなれば、みかけ上質量が大きくなったと同じことではないのか。

核融合反応で休火山の噴火と同じように光と熱を出すと、第二の太陽になる。

もし恐龍の時代に、このことが起ったら、巨大な恐龍は熱と光で夜がなくなり眠れずに弱って行っただろう。当時も小さな哺乳類はいて、馬も今の犬くらいだったとか。小さければ岩かげや、シダの葉の下にでもかくれられるが、巨大な恐龍はそれができなかった。弱ったところを、肉食の哺乳類や鳥などに食われたとしたら。その後木星は冷えた。

星は冷えたものが光り大爆発を起し終るという。だが、光ったり消えたりする星があったとしたら。もしまた木星が光と熱を出し始めたとしたら、星はかなり複雑な一生ではないのか。あの黒い太陽は単なる幻影だったのだろうか。

昭和六十三（一九八八）年五月三日（火）

タバコは肺ガン防止に役立つ

むかしアメリカという国に禁煙法というのがあった。もっとむかしその国に禁酒法というのがあった。密造酒でもうけようとするアル・カポネと、それを阻止しようとするエリオット・ネスというのがいた。その後禁酒法というのは廃止になったという。

株価のチャートを見て、ここで買ってここで売ればもうけられたのに、という人がいる。後からならだれにでもわかる。だが、今、禁煙法などという法律はバカバカしいという人は少ない。

肺ガンになる体質の人はタバコが好きな人が多いらしい。こういう考え方をすると話がまるでちがってくる。タバコを吸うから肺ガンになるという証明はどこにあるのか。肺ガンになる人は現在のところタバコが好きらしい、ということはいえる。

ある要因があって、そこから肺ガンになるという現象と、タバコが好きだ、ということが同時に出ている、という考えは十分成り立つはずである。

ある人の朝のタバコは肺ガンを起し、逆にその夜のタバコは肺ガンを防止する。次の日はタバコで肺ガンを促進する。宇宙の支配者はこんな非常に複雑なことを考えているのだ。同じ人でも右の肺では肺ガン防止を、左の肺で発ガンを同時にしているのかもしれない。

個人的にはタバコは私は吸わない。煙もイヤなときがある。

昭和六十三（一九八八）年五月四日（水）

タバコの葉に肺ガンを防ぐ物質が含まれてはいないか。今後の研究課題。

平成十八（二〇〇六・昭和八十一）年四月十五日（土）

勤勉なドイツ人と呑気なイタリア人

あるドイツ人がイタリアに来て、寝ころんでいるイタリア人にいった。

ドイツ人　「どうして働かないのか」
イタリア人「なぜ働く必要があるのだい」
ドイツ人　「働けばのんびり寝ころんでいられるようになれるからさ」
イタリア人「だからその寝ころんでいられるのを今やってるのさ」（小話終り）

ＮＨＫラジオの面白自然科学の「鳥」の話。雪の降る地方の小鳥たちは、エサが多くてなれてるから、雪の降らない競争相手が多くて、エサのとり合いで苦労する地方へは、移動したがらない。だが移動のタイミングをちょっと間違えると、アッという間につもった雪の上で、バタバタと死んでしまうという。エサがとれないからである。

雪のつもるドイツではタキギも沢山集めねばならないし（昔のこと）、バルト海での漁も、海に落ちれば、たちまち凍死となる。冬のイタリアも南部となると暖房の必要もあまりないだろうし、地中海での漁も、それほどつらくないだろうと思う。

多分右の小話はドイツの冬の厳しさを知らない人の作品だろう。現在はともかく、昔のドイツ人は働かざるをえなかった。


昭和六十三（一九八八）年三月二十八日（月）

光は東方より（平家の朝とか吉川武蔵とかは自分でもキライな表現です）

水鳥の羽音に驚いた平家の朝はよく晴れていた。まぶしい海面を背にした敵に小次郎は苦戦したと吉川武蔵は書いている。記録によれば、紀伊半島の西岸に上陸しようとして苦戦した神武天皇は半島を迂回して、東側の伊勢神宮のあたりに上陸できた。

太陽に弓引くことの恐ろしさを知れ。

蒙古の大軍がアッという間にヨーロッパまで到達できたか、スペイン人がアメリカ大陸で先住民族のインディオを一〇〇〇万人も殺せたか、アメリカの白人がインディアンの土地を侵略して太平洋まで簡単に横断できたか。

それに反し、夕日を背に闇々に向って進むのが、シベリアにしろ、オーストラリアにせよ流刑の地とされたか。

ナポレオンもヒットラーも、東へ向ったものがなぜ苦しんだか。

ロシア人たちのシベリアへの移動はかなり永い年月がかけられている。東への大移動はかなり時間をかけないとうまくいかないらしい。

マラトンの戦いで、ギリシャの兵士がマラソンになったという長い距離を走って死んで（?）までアテネの人にペルシャを撃退したと伝えたかったか。

ジェット機の乗務員は西へ飛ぶと体調がおかしくなるという。速すぎる移動のためなのか。光は東方より来る。東の敵と無用の争いをするな。というのが真の意味だったのだろう。


昭和六十三（一九八八）年六月二十四日（金）

白村江の敗北もこれと同じではないのか。

平成十八（二〇〇六・昭和八十一）年八月

先進国の変遷

ヨーロッパもアメリカも先進国でなくなるのは時間の問題です。

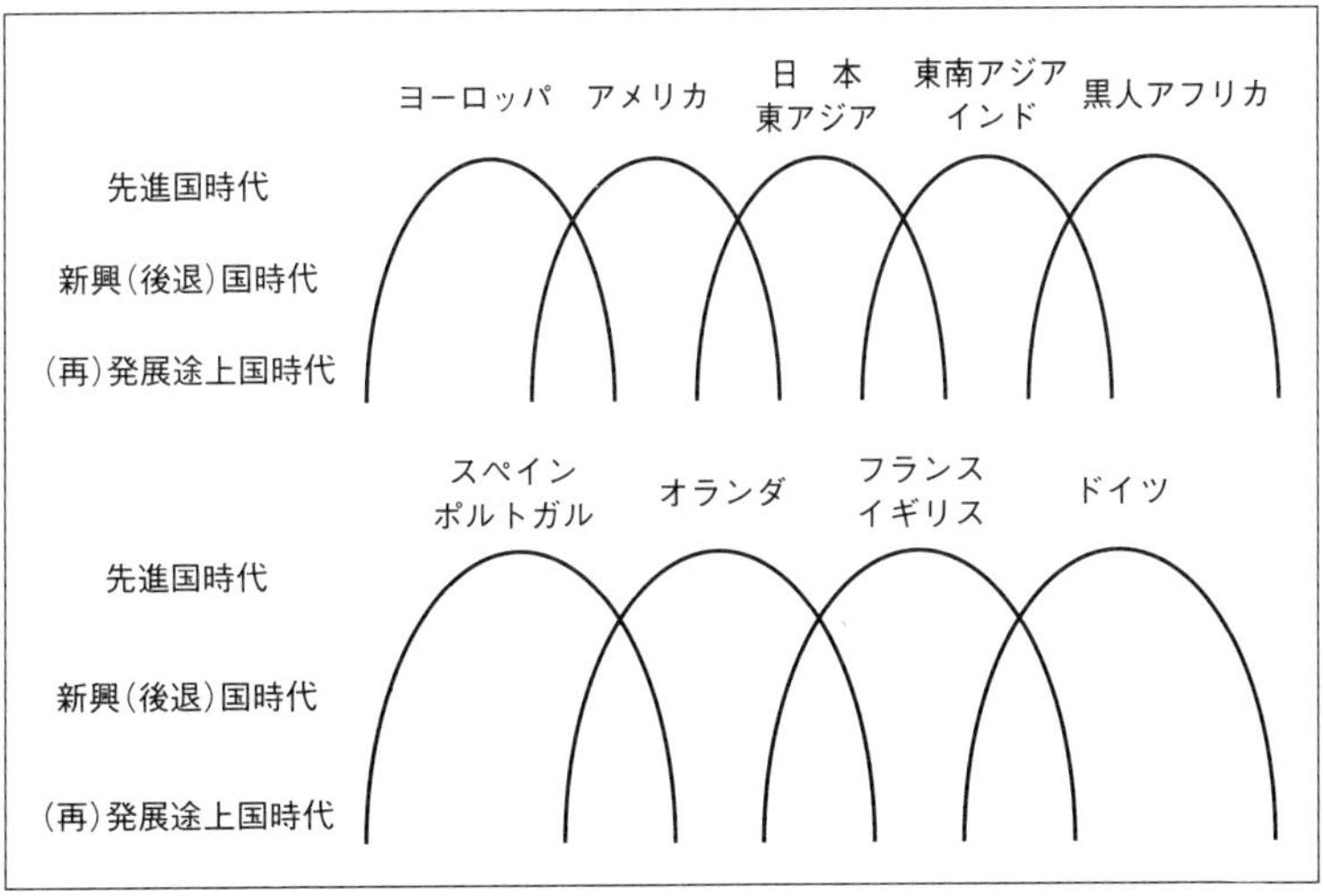

黒人のアフリカ諸国が先進国となり、ヨーロッパを分割して支配する。かってヨーロッパがアフリカを分割して支配した、とまったく逆のことが起る。五百年後。

ヨーロッパ内部においては上図のように先進国としての時代が変化している。

後退国とか再発展途上国という表現方法は私が考えたものである。多分、初めてだろう。

いつまでも日本の時代は続かない。

威張るとどんなことになるか。おごる平家は久しからず。おごる日本も久しからず。

昭和六十三（一九八八）年六月二十四日（金）

東アジアとインドは平成十七（二〇〇五・昭和八十）年夏記入

「枕詞」による外交妥決

今から二、三年前の頃と思う。

突然こんな考えがヒラメイタ。

枕詞とそれに続くことばとには密接な関係があるのではないか、ということである。

たとえば、「あかねさす」という枕詞は「日」や「紫」や「照る」や「君が心」にかかるとされているが、この「あかねさす」ということばには、とり立てて意味がなく、単なる飾りとされていた。

いつの頃から枕詞をつけるようになったかというと、卑弥呼が統一したという邪馬台国時代の前後からではないだろうか。

この頃、各国では別々のことばが使われていて、外国語とされるほど、同じ意味でも、ちがうことばが使われていて、通訳が必要とされていた。これでは困るというので、当時の強大なA国が、他の国に対し、A国で「あかねさす」のあとに、B国では似た意味の「日」をつけさせ、C国では「紫」をつけさせ、D国には「照る」、E国には「君が心」をつけさせた。

他にも強大なF国は「あしひきの」のあとにG国では「山」を、H国では「峰」をつけさせた。この場合A国とF国は同じ国かもしれない。少しもどると、B国とH国は同じ国かもしれない。

わかりやすい例として他にI国の「ぬばたまの」は、J国では「黒」、K国では「夜」を、L国では「夢」を、M国では「寝」、N国では「月」などが、この考えに合っている。

この考えとは何かというと、「あかねさす」はB国では「日」をさすが、これは「あかね」色は、朝日や夕日の赤い色をさすから「日」とは朝夕の意味で、C国の「紫」も日の出や日の入り前後の色で、有名な清少納言の『枕草子』に「春はあけぼの……紫だちたる」とのっているぐらいで、これも日の出、日の入りに使われていたのではないか。「君が心」も朝日を迎え、夕日を送る、一日が無事にすぎたことへの感謝、「照る」もこれも朝日と夕日と何か関係があるだろう。

「あしひきの」は、足を引きずって行かないといけない、遠く高く険しいところで、山や峯と同じ意味になって来る。

こういったことの例を追加すると、I国の「ぬばたまの」は、J国では「黒」とされ、ここから、闇の中の何も色も見えぬ夜ともつながり、L国での「夢」も夜のものが普通で、M国の「寝」、これも夜、N国の「月」も同じである。

この場合の「ぬばたまの」は、「うばたまの」とも同じといわれているが、意味はチョットつかめない。

A国は急に弱くなって、枕詞もやがて消えた。

弥生時代には、東アジアの各地から、人々がやって来た。南は台湾や南西諸島を通って九州などへやって来た。中国の東海岸からは、直接東シナ海を渡り、九州へ。北は朝鮮半島を通って、九州や中国地方などへとやって来たのだろう。

飛鳥ということばを、何故明日香と読むのかというと、ある人々は、「飛ぶ」というのを「アス」といい、鳥を「カ」といっていたのだろう。「カ」というのはカラスの「カア」からきたのではないのか。カラスが鳥を代表するほど、多かったのではなかったのか。

平成十三（二〇〇一・昭和七十六）年十月二十九日（月）清書

素粒子の相性　生物と無生物の連続性

この広い宇宙に、同じ電子は全く存在しない。もちろん、陽子や中性子というのも、同じものは存在しない。

物質を小さくしてゆくと、あるところで原子という単位に到達するが、この原子というのは、原子核とその周りを回る電子から成り立っている。この原子核というのは、いくつかの陽子と、いくつかの中性子というのから成り立っている。このことは御存じの方も多いと思われるが、本文の最初に書いたように考えれば、同じ原子というものは、この広い宇宙には存在しないのである。もちろんよく似たものは沢山ある。だが同じものではない。よく調べればちがっているのである。このことは将来よく調べられて、だんだんと分って来るだろう。

なぜこんなことを考えついたのかというと、人間も同じ人は全く存在しないからである。よく似た人はいる。だが同じ人ではない。何から何まで同じ人は存在しないのである。これは他の動物についてもいえる。たとえば、哺乳類などでも同じものは存在しない。似たものはいる。だが区別できなくて、同じものに見える人は多い。

たとえば遊牧民といわれる人には、羊の群れの中の一匹一匹に名前をつけて区別している人たちがいるそうである。私には区別できないのに、三百頭ぐらいの羊を一匹一匹名前をつけて区別するのだから、ビックリする。

越冬にやって来た鶴の数を正確に数えられる人がいる。一万匹ぐらいをどうやって数えるのか私には分らないが、区別してるのだろう。中には名前をつけられる人がいるかもしれない。

鳥が出たので貝にしよう。平安時代の貴族の遊びに「貝合せ」というのがある。ハマグリの貝ガラを組合せて、ピッタリと蝶番が合うものを選ぶ遊びである。ハマグリは貝ガラが立派だから選ばれたのだろうが、これもピッタリ合う貝は一つしか存在しないのだろう。他のハマグリとはどこかちがっているはずである。

ある人が椿の交配をしていて、新品種をつくろうとしていた。そしてあるとき、こんなことに気がついた。あるメシベは、別のあるオシベの花粉を拒否するような行為をした。イヤダとみえて、この花粉をつけても、メシベが開かないようすをした、とのことである。他のオシベの花粉をつけたら、受け入れたとのことである。

相性は人間ばかりではなかった。馬でも種馬をきらう牝馬がいるとのことである。

これはすべてのものについていえることだろう。

いろんなものの相性を調べてゆくと、ついには原子につき当る。もっと小さなものにも相性はあると思われるが、原子で説明すると、電子と、陽子と、中性子のあらゆる組合せについて相性が存在している。虫の好かぬ奴というのは、あらゆるものに存在しているのだ。馬が合う奴というのも同じである。

この広い宇宙に同じものは全く存在しない。なぜそうなっているのか。恐らく宇宙の支配者というものがいて、そういうように宇宙を作っているのだろう。そうでないと何か不都合なことが起るにちがいない。

平成十五（二〇〇三・昭和七十八）年一月十二日（月）
平成十五（二〇〇三・昭和七十八）年六月三日（火）清書

株式投資の心理

Aさんはある銘柄を一万株買う資金を用意して、千株だけ買った。それが一年で二倍になった。Bさんは同じ銘柄を一万株買う資金を用意して、一万株買った。それが一年で二倍になった。

どちらがプロで、どちらがアマか。

こう書いてくると、アッそうかとわかる人が出てくるだろう。その人は正解である。Aさんがプロで Bさんはアマである。

なぜかというと、今取り上げたことを、逆に値下りした場合について考えれば、はっきりして来る。

Aさんは値下りして半値になっても、千株しか買っていないから、たいした損にはならない。ところがBさんは、全資金が半分になったことになる。これではたまったものではない。

利益よりも、いかに損を少なくすませるかが、大切なことなのだ。

一万株買える資金があるからといって、一度に一万株買うような欲ばりな人には、天罰が下る。大損という天罰が下る。

こんな欲深い人には、神罰が下る。破産という神罰が下る。

もし一万株買う資金があって、その中から千株だけ買ったその銘柄が、五倍とか十倍とかに大きく上げてから売っても、それは欲ばりとはいえない。幸運だと思ってよろこんでよい。なぜかというと値下りしても、大きな損をしたことにはならないからである。

高くなってくると買いたくなる。安くなってくると売りたくなる。買う予定にしてた株が高くなってくると買ってしまう。安くなってくると、不安になり売ってしまう。

安い時には買いたくない。高いときには売りたくない。こんな心理が働くからやっかいだ。

「材料は出たらしまい」という格言がある。

バブル期など特別な場合を除いて、好材料が出たら売り、悪材料が出たら買い、ということを意味している。

どういう場合かというと、好材料が出たとき、日足などのグラフをみる。するとかなり上げてきている。こういうときは絶好の売り場になっている。

逆に悪材料が出たとき、グラフをみてみると、かなり下げてきている。こういうときは絶好の買場である。

ところが、多くの人は、好材料が出た高いときに買って、悪材料が出た、安いときに売っている。これではもうけられる訳がない。

好材料と悪材料のことでは納得がいかない人がいると思うので、その人は次のことを考えてもらいたい。

それは、好景気と不景気では、どちらが株は高く、どちらが株が安いか。

これなら、納得できる人も、出てくるだろう。

不景気なときは株は安い。これはわかるでしょう。好景気なときは、株は高いでしょう。

だから、株は、不景気なときに買って、好景気のときに売るべきである。


平成十七（二〇〇五・昭和八十）年五月五日（木）清書

健康伝説

昔、規則正しい生活をするものが、強大な権力をもち、不規則な生活をするものを支配していた時代があった。

みんなを規則正しい生活にする必要があるとして、不規則な生活をしているものたちを集め、朝は定時になるとムチでひっぱたいて起し、夜は定時にねむれないものは、注射をして無理やりねむらせていた。

あまりの苦しさに耐えかねた、不規則な生活をする人たちは、規則正しい人たちがグッスリねてる真夜中に革命をおこし、規則正しい生活をしている人たちを、みな殺してしまった。

それからも、規則正しい生活をする人たちが生まれてきたが、この人たちは、決った時間になるとねてしまうので、規則正しい生活を押しつけようとする動きがあると、ねてるうちに殺してしまった。

不規則な生活をする人たちは、一日中自由に行動することができることになる。そこで助け合って、ねる時間をいろいろかえて、規則正しい生活をする人に勝つことができたのだ。
食べ物の好き嫌いをどう考えるか。健康だから何でもおいしく食べられるのではないのか。何でもおいしく食べられるのを、健康と定義するのではないのか。嫌いなものを無理やり食べれば、はたして健康になれるのか。そんなことをして、害はないのか。かえって、何かの病気になるのではないのか。体が拒否してるものを体内に入れて、危険はないのか。

ある要因 → 食べものの好き嫌い
（体の欠陥） → 病気

というのならわかるが、

食べものの好き嫌い → 病気

というのは、筆者には理解できない。
すべては矛盾している。
血液ドロドロだと、病気になるという。しかし、血液サラサラだと、事故などにあったとき、どんどん出血して、死にやすくなるのではないのか。

それが血液ドロドロだと、出血のスピードが遅れ、間一髪のところで命が助かるかもしれない。

運動する人は、病気にならない。

運動しない人は、病気になる。

という理屈から、運動しない人を運動させれば病気にならない、という結論を出して、無理やり運動させれば、病気にならなくなるのか。

元気で病気にならない人は、運動するなといっても運動してしまう、と考えた方がよい。病気になりやすい体質の人は、運動しろといっても運動したがらない、と考えた方がよい。

笑うから健康になれるのか。健康だから笑えるのか。病気の人を笑わせれば、回復させられるのか。

二・二六事件にまきこまれた落語家の小さんが、上官に落語をやれと命令され、やってみたが、だれも笑わなかったという。

平成十七（二〇〇五・昭和八十）年五月十三日（金）清書

一〇八の除夜の鐘

なぜ一〇八つなのかと永い間時々思い出しては、考えていたが、最近こんなことに気がついた。
一〇八は三で割れる。二では当然割れる。
とすると、
二×二×三×三＝一〇八
となった。これに一×一をかければよい。つまり、
一×一×二×二×三×三＝一〇八
となる。だが、なんだかおかしい。そうか、もう一つ三をかけて三×三×三にして、
二×二×三×三×三＝一〇八
ここまでくればしめたものだ。あと一を一回かければよい。
一を一回、二を二回、三を三回だ。
一×二×二×三×三×三＝一〇八
きっとこんな考えから、神秘的なものとして一〇八回が登場したのだろう。

さらに、これに四を四回、五を五回、六を六回というふうに書き加えて計算していくと、何か特殊な数が伝わっているのかもしれない。一を一回かけるのがミソでした。

平成十二（二〇〇〇・昭和七十五）年十二月十一日（月）

平成十三（二〇〇一・昭和七十六）年八月九日（木）清書

一×二×三×二×一＝一二

平成十五（二〇〇三・昭和七十八）年五月十二日（月）

一×三×五×三×一＝四五

平成十五（二〇〇三・昭和七十八）年五月二十六日（月）

双子の兄弟

最初に生れたのが弟で、あとから生れたのが兄と、日本ではかなり前からされていた。それが最近は西洋みたいに、双子が生れた場合、最初に生れたのが兄で、あとから生れたのが弟ということになってしまった。

ではなぜ昔の日本では双子が生れた場合、最初に生れたのを弟とし、あとから生れたのは兄とされたのだろうか。

なぜ西洋とちがい、日本にはあに、おとうと、ということばがあり、中国でも兄、弟ということばがあるのか。

多分、日本や中国では兄の方が大切で、弟はその次に大切だと考えていたのだろう。それが、双子の場合なぜ最初に生れたのを弟としてたのだろうか。それは多分弟は出口に近いところにいたからで、奥にいる兄を守っているものと考えられたのだろう。兄の方を大切にしていたのだから。

英語では兄弟はbrotherということばで年の多少は問題にされないが、日本や中国では兄弟と、別のものとして区別されている。

この問題は今後どうなってゆくだろうか。西洋の力が落ちてきて東アジアが先進国となってきたら、また昔の双子の兄弟になるのかもしれない。

平成十三（二〇〇一・昭和七十六）年五月二十日（日）
平成十三（二〇〇一・昭和七十六）年八月九日（木）清書

将来の東アジアの共通言語

英米人に理解できない英語がやがて東アジアの共通言語になる。中世ヨーロッパでラテン語が共通言語となったように。政治的妥決が起る。

日本が核となって韓国、台湾、香港、シンガポールもそれぞれ核となり、東アジア全体が間もなく先進国となり、東アジアが世界の中心となってくるだろう。その場合、共通語を何語にするかでもめることになる。

中国はもちろん中国語を共通語にしようと主張するだろうが、他の国々は反対するだろう。そしていろいろ考えられた末に、英語を使おうということになる。といってもその英語は今使われている英語ではない。新しい英語ができてくる。

約十年前かフィリピンでできたフィリピン人だけが使う英語が、フィリピンの英語の教科書にのせられたということを聞いた。

あと、二、三年前か、シンガポールで、シングリッシュということばが使われていて、賛否両論が出ていることを聞いた。

日本もパーソナルコンピューターをパソコンといって、コンビニエンスストアはコンビことなり、略して使っているが、やがてこういうことからリズムがちがってきて、英米人には話しにくくなって来て、聞きとる方もはっきりしなくなり、東アジアを中心とした新しい英語が完成するだろう。もっとも当然方言も出てくるでしょうがね。

平成十三（二〇〇一・昭和七十六）年六月八日（金）

平成十三（二〇〇一・昭和七十六）年九月七日（金）清書

漢文筆談と英会話

I　do　not　like　a　book.
＝　＝　＝　＝　＝
我　不　好　本。
＝　＝　＝　＝
私は　ない　好ま　本を。

なぜ日本人が英会話が苦手かというと、右記のように語順がちがうからである。

英語と中国語は、語順がよく似ているから中国人は日本人より、英語を楽に話すことと思われる。日本人の脳は英会話向きではない。

平安時代に特に唐へと日本人が行っているが、当時から中国語の会話の学校が、日本に沢山つくられたという話は、あまりきいたことがない。仏教のお経では、中国語音のよみ方をしているが、それを中国人が聞いて理解できたということも、あまり聞いたことがない。

一部の日本人は英会話や中国語会話を楽にやっているが、これにはＤＮＡが何か関係していることと思われる。こういう人たちは英会話をもっとやれと主張しているが、普通の日本人には無理だろう。

漢文訓読という型で日本は中国語を使い続けたように、英語も日本人は読み書きを中心にしてやって行くよりほかにしようがないだろう。漢文から英文へと夏目漱石や明治の何人かは入って行った。

平成十二（二〇〇〇・昭和七十五）年七月十日（月）

平成十三（二〇〇一・昭和七十六）年八月十一日（土）清書

縄文人はアメリカ大陸から渡来した

南アメリカの南端に九州の南端と似たＤＮＡ（遺伝子）をもった人がいるとのことである。

南アメリカへは、アフリカから渡来したのであろう。しばらくは、南アメリカに住んでいた縄文人は、優秀なリーダーに従って北の方向に向って移動し始めた。太平洋沿岸に沿って北上し始めた縄文人は、一時北アメリカに住んでいた。だがリーダーたちは北アメリカを捨てようとした。現在でもそうだが、当時も北アメリカは気候の変動が激しかったのだろう。アメリカ先住民の人口が少なかったのも、気候が安定しなかったからだろう。

優秀な調査隊によって、アラスカからシベリアへの渡来を始めた。用心深く、状況を調べながら、毛皮の舟を使ったり、木の船を使ったり、氷の上を歩いたり、いろんな方法を考えて、何千回、何万回とアラスカとシベリアを往ったり来たりしながら、渡ってみたいという希望者を渡した。

よほど条件のよくない限り、渡す人数は少しずつだった。条件のよいときは沢山の人を渡した。

あとは南下して、先発調査隊の見つけた日本列島へとやって来た。

このあと一部の人たちは足を延ばし、東南アジアや中国から、米をもち込んだ。

縄文人のリーダーは現在の人々よりもはるかに優秀だったから、こういうことも可能になったのだろう。


平成十一（一九九九・昭和七十四）年八月三日（火）

平成十三（二〇〇一・昭和七十六）年九月十七日（月）清書

弥生人はタクラマカン砂漠から来た

鎖国と開国をくり返す弥生人。弥生人はタクラマカン砂漠の中にあるオアシスに住んでいた。そして外部との交流をたち、鎖国を行っていた。弥生人は外交が苦手だった。だから気のゆるせる人たちだけで住んでいた。

しかし水が減ってきて、とうとうあきらめて、四方八方へと散っていった。南はヒマラヤからインドへ、東南アジアへ、海南島、台湾、中国大陸の東シナ海沿岸へ、北はバイカル湖から、朝鮮半島にも住んでいた。

朝鮮半島には何年か住んでいた。二百年（?）、五百年（?）、千年（?）あるいは二千年（?）。やがて、朝鮮半島へ新しく入ってきた人々と争いになり、圧迫されて日本列島に移った。南か西の方面からも三々五々と日本列島へとやって来た。

一度分れた人々なので、日本列島へやって来たときには、言葉も風習もかなりちがっていたが、顔つきや風習の一部に何か親しみを感じ、同じ血とでもあったのかと、一緒に暮すようになって行った。語順も同じであったのも理由だろう。

日本列島は島国であったから、鎖国にはもってこいの土地であったのだろう。海外とは軽いつきあいだけにして、楽しく生活することができたのである。

高天原はタクラマカン砂漠であった。なぜか。

TAKURAMAKAN

TAKAMAGAHARA

TA RA MA KAが共通音語。ヒントはこれだけである。

平成十一（一九九九・昭和七十四）年八月十四日（土）

平成十三（二〇〇一・昭和七十六）年九月十八日（火）清書

無常＝無情＋無上

無常には感情がない。平家が興ろうが、源氏が亡びようが、一向に知らぬ顔だ。悠然と流れて行く。平家を討った源氏も三代で亡んだ。だが北条の支配は十代以上続く。一体いつから無常に無情の影が忍びこんできたのであろうか。

祇園精舎の鐘の声
諸行無常の響きあり
娑羅双樹の花の色
盛者必衰の理をあらはす

有名な「平家物語」の始まりである。この文に無常のことばが出て、そのあとに、盛者必衰と出てくるから、このあたりから無常に無情がからんできたのであろう。

最初はこんな名文を書く気はなかったが、五年前あたりに、ふと「無常には感情がない」という文が出てきて、あとはすっかりと変ってしまった。

それにしても、最初の文はよくできたものだ。我ながら感心をしている。題。無情の悲しみということばがある。無上の喜びということばもある。ただそれだけである。（おしまい）

平成十一（一九九九・昭和七十四）年十二月六日（月）

平成十三（二〇〇一・昭和七十六）年十月十一日（木）清書

チベットモンキーと日本ザル

十五年位前に、朝日の夕刊に、チベットモンキーの謎という記事がのっていた。ボスザルの背中に他のサルがのっている。いろんなサルがのっているというのである。それが何故だろうかという疑問なのである。

日本ザルはこれと反対に、ボスザルが他のオスザルの背中にのる。これは交尾と何か関係のあることなのでは、という説明になっていた。

四、五年前、チベットモンキーについて考えていたときに、ふとこんなことがヒラメイた。それは何かというと、ケガや急病になったときに、群が移動することになった、そのとき、他のサルがボスモンキーに、背負って運んでください、とお願いするのではないかということである。この風習はいつ頃から始まったのかわからないが、何度か絶えたりしながら続いてきた。

　これでチベットモンキーの謎は解けたが、日本ザルは何故か。やはり交尾と関係があるのか。そう考えていたとき、そうか、チベットモンキーとひっくり返して考えればよいと思った。

　日本ザルも、ボスザルが一時的にケガや病気になったとき、他のサルに運んでくれとたのんでいるのではないか。もちろんボスザルの頭脳が働いていて、それが非常な力をもっているときのみでないと無理だろうが、そういうことがあったので、こういう風習が生まれた。これも何度か絶えたりしながら、今も使われている。今後もどうなるかわからないが、まだしばらくは続くだろう。

平成十三（二〇〇一・昭和七十六）年九月十九日（水）

平成十三（二〇〇一・昭和七十六）年十月三十日（火）清書

縦書きと横書き　両方できる日本人

中国でも今では小説まで横書きになってしまったという。だが、日本では今でも、小説は縦書きのままだ。本の背表紙や看板の縦書きは非常に有利なことだ。

何故中国では、昔は縦書きだったのか?

その理由はこうであろう。

昔の中国は縦長の竹や木の板に字を書きつけていた。紙を発明したのは、昔の中国人だったが、その前までは、竹や木の板だった。この長細い板に字を書くときは、縦書きの方が書きやすい。右ききの人が多いから、左手に竹や板をもって、右手で書いていくと、どうしてもこうなる。特に、机や台になるものなどのないところで字を書くのは、この方が上手に書ける。縦書きの方が便利だったのだ。

江戸時代などの紙に字を書くときのさまは、巻き紙に書いたりする。左手に巻き紙をもって、右手で縦に字を書いて、一行書くと、左手だけで少し回して、次の一行を書く。これをくり返して行くと、机がなくてもチャント書いていける。大層便利だったにちがいない。

アラビア文字は、横に右から左へ書いて、右から左へ読んでゆくようだ。なぜこんな面倒みたいなことをするかというと、ギリシャ文字と同じ、左から右へと書き読む、ヨーロッパへの対抗意識のためではないのだろうか。少しぐらい不便でも、右から左へ読み書きするのではないのか。脳が対応できるようになっているかもしれないが。

平成十七（二〇〇五・昭和八十）年五月十四日（土）清書

ナマズの感度

感度といっても、ウッフンアッハンの感度ではない。

イチローという天才選手がいる。

昔ある家の庭に池があって、そこに特殊な能力のあるナマズがいた。

その家の人が、たまたま池を見てたら、ナマズがいつもとちがう様子をした。それからしばらくして、地震がおこった。最初は気がつかなかった。

そのナマズが、またちがう動きをした。それからしばらくして、地震がおこった。二度目も気がつかなかった。

またナマズが変った動きをした。それを見てた人が、気がついた。また地震がおこったのだ。

このナマズは、地震がおこるのを予知していると。

このときの地震の震度は、四が最初で、あと二回は震度三ぐらいの大きさだったかもしれない。

一日に三度おきたし、ナマズを見てた人は、偶然だったろうが、一人ではなかったかもしれない。

世の中には、いろんな才能をもった人がいるように、ナマズにも、特殊な才能をもったものがいるのかもしれない。特に地震に敏感なナマズがいて、それに気がついた人がいて、ナマズ伝説がおこった。ひょっとしたら、こういうナマズは、百年に一匹出るか出ないかのナマズかもしれない。

これからもナマズの研究を、気を永くもって、やってほしい。

平成十七（二〇〇五・昭和八十）年四月二十一日（木）
平成十七（二〇〇五・昭和八十）年五月六日（金）清書

蓬萊山（島）（伊吹山？）方丈山は四国？

古代中国に、中国大陸の東の海の中にこういう島があって、神仙が住んでいるという伝説があった。

蓬はヨモギ、莱はヤブ、つまりヨモギだらけの山ということになる。成長したヨモギは中国では貧乏人の門にされていたという。

ではなぜ、やっかいものみたいなヨモギと神仙が結びついたのであろうか。

ヨモギというと、われわれ日本では、草モチとか、切りきずに葉をもんではるとか、なじみのものであるが、もっと大切なものに使われている。それはモグサ、あのお灸に使われるモグサである。お灸は中国で、病気の治療に使われ出したが、最初はボロ布や、乾いた植物の繊維などを使っていたらしい。

それが、日本人の研究により、ヨモギからモグサを作り出すことに成功した。当時としては大変なハイテクだったのだろう。このモグサが、中国に輸出されたのではないか。

モグサが使われて、灸の治療は大変な効果を上げることになったのであろう。そこで、ヨモギからモグサを作り出すというのは、まさに神業だということになった。とても普通の人間のすることではない。まさにこれは神仙のワザだということになった。恐らく、どうしてヨモギからモグサをとったのかわからなかったのだろう。ヨモギの葉のウラの、あの細く短いヒゲみたいなのが、モグサの原料なのである。

神仙の島は、三つとも五つともいわれている。方丈山もそのひとつである。正方形とか長方形というように、方は四角を意味する。四国が四角形をしているところから、方丈山（島）といわれたのだろう。

伊吹山には、いろんな薬草が生えている、ということである。この山を指しているのだろう。

平成十三（二〇〇一・昭和七十六）年九月七日（金）

平成十五（二〇〇三・昭和七十八）年四月二十四日（木）清書

陶磁器（china）と漆・木椀（japan）

中国のある地方から日本へ来たある人が、日本人がお茶碗やお椀を手にもって食事をするのを見て、ビックリしたとのことである。その地方では、手に食器をもって食べるのは、ひどく身分の低い人がする行為だったからである。

日本では、武士も、職人も、農民も、働くときは、食事をするときとなると、木の椀を手にもって、手早く食事をする習慣があった。仕事をするので、忙しかったからである。能率が上るように考えたのだろう。

木の椀は便利だった。軽くて持ち運びやすく、落しても割れない。熱いみそ汁などを入れても熱を通しにくいから手にもってもよく、使いやすかったのだろう。

漆といえば、今はぬり重ねて作られるが、昔は一刷毛ぬりなどがあったらしく、すぐぬれたのであり、それで充分だったのである。他に柿渋もぬられていたらしい。こういう条件でよく使われていた。

秀吉の朝鮮出兵までヤキモノが入ってこないし、日本で作られてなかったのも、こういう理由があったのだろう。

中国では、ゆったりと、重々しいことが尊重されていたから、イスにかけて時間をかけて食事をするのがよしとされていたのだろう。だから陶磁器のもつゆったりとした感覚から、これを使って食事をしていたのだろう。

平成十三（二〇〇一・昭和七十六）年九月二十二日（土）

平成十五（二〇〇三・昭和七十八）年四月二十五日（金）清書

黒船と真珠湾

日米関係は、アメリカの日本に対する攻撃から始まった。沢山の大砲をつんだ四隻の軍艦で日本にやってきて、平和に暮していた日本人を脅迫して、つき合えといった。そして日本人をだまし、不平等条約を押しつけた。それで日本は大混乱になった。

真珠湾をとやかくいうアメリカ人は多いが、最初に手を出したのは、日本人ではなく、アメリカ人なのだ。

不平等条約で永い間苦しんだ日本人は、ようやく対等な条約にこぎつけた。ある日本人が、あるアメリカ人に、不平等条約のことをいって非難したら、そのアメリカ人は、国際外交とはそういうものだと教えてやったんだ、といったそうである。この論理でいうなら、日本が真珠湾を攻撃したのは、戦争とはそういうものだと教えてやったのだ、ということになる。

宣戦布告がなぜ遅れたのか、これは日本の手落ちだったが、アメリカは日本を軽く見て、警戒してなかったのだろう。

四隻の軍艦によって始まった不平等条約の不満が、真珠湾で爆発したのだ。

この国民感情を利用した政治家たちへの庶民の怨念も一休みすることとなった。


平成十七（二〇〇五・昭和八十）年五月七日（土）

平成十七（二〇〇五・昭和八十）年五月十二日（木）清書

勉強の方法

自分の辞書を作ってみよう。

一〇〇枚のノートを買ってくる。

英和の場合、一ページから、一七一四ページまであるとすると、Aの場合、三分の二ページから始まり、七九ページと五分の四で終るときは、七九ページが何％か計算して、Bの場合、五分の四、あと八一ページから、一五〇ページと三分の二となってたら、六九ページで何％か計算し、というふうにして、Zまで、各アルファベットを何％か計算し、それを百枚、二〇〇ページのノートに割りふりする。

この場合、atのあとでallというように、各文字を辞書と同じ順序にしなくていい。

日本史などで、辞典をもってなければ、教科書の後の方の索引などで、%を計算して割りふりする。

また数学などで、苦手で要点がわからない人は、問題文を写し、答も全部写してみるより仕方がない。最初はそうでも、あとで要点がわかってきたら、「整数……-2、-1、0、1、2、3……」とでも記入できるようになるだろう。半分はわかるような問題から記入し、全部わからないものは、あとまわしにするより手がない。

英語などでも、半分はわかってるとか、試験でまちがえたとかして、あやふやなものを記入してゆくと、それをくり返し読むことによって少しずつ覚えられ、自信がついてくる。

平成十七（二〇〇五・昭和八十）年五月十二日（木）清書

あとがき

超能力を身につけようとして、精神科に入院する破目になってしまった。

あるとき、両手を合わせたら超能力が身につくのではないかと思って、両手を合せてみた。何と指先の脈が両手とも、浮いて出てきたのである。

伝統医学（漢方）の世界では、脈は浮いたり沈んだりするそうである。普段脈が触れないところで、脈が感じるような場合がある、ということである。

そのときは、これが起ったらしい。

脈があって、少し気分が悪くなり、今やめれば引き返せると思ったが、すぐに呼吸が変った動きを始めた。普通でない呼吸が始まったらしい。慌てたが、もう引き返せない、と思った。意識的にしか呼吸ができなくなった。

今まで無意識に呼吸をしていたのを、時計などは見ないで、今はジッとしているからこのぐらい、少し動いたからこのぐらい、激しく動いたからこのぐらい、と自分で決めて呼吸をするようになってしまった。

睡眠中や、何かに気をとられているときは何ともなく、気がつくと、慌ててハアハアするようになってしまった。

超能力と宝くじ

退院後だいぶたってから、お告げみたいなものを体験するようになった。

そしてあるとき、阪神・淡路大震災復興宝くじを買うとき、「バラで十枚下さい」といったら、売り場の人が、八袋ほど残っていたくじを、トランプをするときみたいに広げて「どれかとって下さい」といった。

手を近づけてみると、ある袋のところで「コレコレ」とお告げがあったので、それをとった。この中から十万円当った。

もう一度、売り出される前から、「一等が当る、六千万円が当る」とお告げが来るので、ある日買って帰った。このとき、何回となく「一等が当る、六千万円が当る」というお告げがきた。

抽選の日、ラジオできいて、紙に書きとって調べたら、アレ、当ってる。でもよく見たら、組番号が一つだけちがってた。

〇六組　一四〇〇〇一　六千万円

九六組　一四〇〇〇一　私の券

あとでテレビで見たら、風車の九の次が〇となっていた。十万円はもらえたので、いくらかましだったが、惜しかった。

その後、お告げは当らないといってくる。買ってもムダだといってくる。たまに三千円や一万円しか当らない。

超能力と手が動く

超能力かどうか知らないが、手をかまえると、動き出す。行者の行みたいなものかもしれないが、手が勝手に動き出す。

ある程度力を入れて動くときはよいが、力をぬいて動かすときは疲れる。両手を合せて終ることが多いから、超能力なのか。同じことを二度やれといわれてもできない。

お告げによれば、将来星を動かす術だといってくる。何かあるのだろうか。

平成十八（二〇〇六・昭和八十一）年七月

安藤紫紺

安藤紫紺（あんどう・しこん）
本名・秀綱。東京都生まれ。宮崎大宮高校，
日本鍼灸理療学校，横浜テレビ電機学校卒業。
福岡市在住。

銀河《ぎんが》の雫《しずく》

■

2006年11月１日　第１刷発行

■

著者　安藤紫紺

発行者　西　俊明

発行所　有限会社海鳥社

〒810-0074　福岡市中央区大手門３丁目６番13号

電話092(771)0132　FAX092(771)2546

印刷　有限会社九州コンピュータ印刷

製本　日宝綜合製本株式会社

ISBN 4-87415-596-0

http://www.kaichosha-f.co.jp

［定価は表紙カバーに表示］